Dominante Kamergenoot
2
Overheersing en erotische onderwerping
Erika Sanders

ERIKA SANDERS

Dominante Kamergenoot 2

Erika Sanders

Serie
Overheersing en erotische onderwerping

Korte inhoud

Victoria, Samantha en Cristina zijn drie meisjes die dezelfde kamer op de universiteit bezetten.

Op een dag komt Victoria, die cheerleader is voor het universiteitsvoetbalteam, bezweet en moe van inspanning de kamer binnen terwijl Samantha studeert.

Ze kleedt zich uit om in bad te gaan, maar ze is zo moe dat ze een tijdje in bed ligt te ontspannen.

Samantha kijkt haar met een andere blik aan dan ze elke dag doet.

Maar Cristina komt terug van haar klas ...

Dominante Kamergenoot 2 is een verhaal dat behoort tot de Erotic Stories collection, een serie verhalen met een hoog erotisch gehalte.

(Alle personages zijn 18 jaar of ouder)

Opmerking over de auteur:

Erika Sanders is een bekende internationale schrijfster, vertaald in meer dan twintig talen, die haar meest erotische geschriften, ver van haar gebruikelijke proza, ondertekent met haar meisjesnaam.

Inhoudsopgave

DOMINANTE KAMERGENOOT 2
(EROTIC DOMINATION)
ERIKA SANDERS

HOOFDSTUK 1

Vicky deed de deur van haar slaapkamer open en liet haar tas met cheerleaders op de grond naast de deur vallen.

Ze slaakte een zucht van verlichting: het was een lange oefening geweest en ze lieten haar uitgeput achter.

'Hoi Samy,' zei hij.

Samantha zat aan haar bureau, zoals altijd begraven in haar biologieboeken.

Ze veegde haar zachte bruine haar van haar gezicht en zette haar bril met één hand af, terwijl ze met de andere hand over haar ogen wreef.

'Hallo Vicky, hoe was het oefenen?'

'Het was niet erg. Ik heb wel een douche nodig. Ik werd zo bezweet.'

'Hé,' zei Samantha en ze trok haar neus op.

Vicky schopte haar schoenen uit en probeerde het cheerleaderpak uit één stuk over haar hoofd te trekken.

Het zat vast in haar haar, maar na een beetje trekken kwam het eruit en gooide het in de wasmand.

Toen knoopte ze haar paardenstaart los en liet haar fijne blonde haar over haar schouders vallen.

Ze haalde haar hand door haar haar, reikte toen met beide handen over haar rug en tastte naar de sluiting van haar beha.

Samantha keek haar nog steeds aan.

"Wat?" Vroeg Vicky verbaasd.

"Oh niks."

"Hé, kom en help me dit los te knopen, ik ben een beetje moe."

Samantha glimlachte en rolde met haar ogen.

'Tuurlijk, alsof ze het niet druk heeft of zo.'

Hij zette echter zijn bril op en stond op en gebaarde naar Vicky om zich om te draaien.

Ze duwde Vicky's haar opzij om haar beha te pakken.

Vicky legde haar handen op haar heupen terwijl ze wachtte.

Vreemd genoeg hoorde hij Samantha diep ademhalen terwijl zijn behendige vingers worstelden om haar beha los te maken.

Samantha was dichtbij, een beetje te dichtbij.

"Wat gebeurt er?" Vroeg Vicky.

'Ja, het is op de een of andere manier verbogen. Wacht. Begrepen.'

Vicky's borsten kwamen los toen haar beha op de grond viel.

Hij schopte het naar de onderkant van de wasmand.

Hij draaide zich om en glimlachte.

"Bedankt Samy."

'Geen probleem,' zei Samantha terwijl ze naar haar bureau terugkeerde.

Vicky rekte zich uit en liep toen naar het bed in haar hoek van de kamer.

Ze zat op de rand en droeg alleen haar witte katoenen slipje.

Ze geeuwde, ogen dicht, als een kitten, en leunde voorover, haar borsten streelde zijn armen, haar knieën strak en haar voeten opzij gespreid.

Ze rimpelde haar tenen in de zachte witte draden van het nepschaapskleed naast haar bed.

Dat was een grote weekendinkoop geweest in het eerstejaarsjaar, toen zij en Samantha naar een badplaats waren gereden, een halfuur ten oosten van de campus.

Ze hadden veel gekke ideeën bedacht en kochten uiteindelijk verschillende dingen en vulden hun kamer met kitscherige voorwerpen uit het midden van de vorige eeuw.

Samantha had voor haar dit grote vloerkleed van imitatieschapen als grapje gekocht, omdat Vicky destijds een zeer strikte veganist was (ze was niet meer).

Het waren goede tijden: ondanks dat ze elkaar het eerste jaar als kamergenoten hadden ontmoet, waren ze hele goede vrienden geworden.

Ze zou binnenkort moeten douchen, maar Vicky was zo moe dat ze zich op het bed wierp en tegen de kussens in de hoek tegen de muur stapelde.

Ze liet haar armen langs haar lichaam zakken en zuchtte opnieuw, terwijl ze haar ogen sloot.

Na een minuut hoorde hij de opzwepende geluiden uit Samantha's richting.

De stoel schoof zachtjes weg van het bureau en ze kon Samantha's met sokken bedekte voeten de kamer naar haar toe horen kruisen.

Vicky wachtte een paar seconden voordat ze haar ogen opendeed.

"Wat?"

Samantha bleef haar aanstaren, in conflict.

"Gaat er iets mis?"

Langzaam maar vastberaden liet Samantha haar knie op Vicky's bed vallen en reikte naar haar toe, met haar gezicht naar haar op een armlengte afstand.

Hij keek diep in Vicky's helderblauwe ogen.

Het was alsof Samantha naar iets luisterde.

Vicky wist niet hoe ze moest reageren, maar ze had zich nog nooit zo naakt gevoeld.

'Nee, er is niets aan de hand,' begon Samantha na een tijdje. Ze streek haar haar uit haar gezicht. "Heb je je ooit afgevraagd..."

Ze keek snel weg en keek toen weer naar Vicky, terwijl ze haar blik vasthield.

Plotseling leunde Samantha voorover en kuste haar op de lippen.

HOOFDSTUK 2

Vicky kromp in eerste instantie ineen, maar gaf toen toe toen Samy's lippen stevig tegen de hare drukten.

Ze voelde de tong van Samy uit haar lippen komen en, verrast, schudde ze die met haar eigen tong en raakten hun tong elkaar even aan.

Samantha trok zich met een zucht terug.

"Het spijt me..."

'Sst ...' zei Vicky, en ze verraste hen allebei toen ze dichter bij Samantha's hoofd kwam en haar naar haar lippen trok.

Hun monden sloten zich weer, dit keer hongeriger, onderzoekend.

Vicky stak haar tong in Samy's mond en werd tegengewerkt met een stevige duw in de hare.

Samantha kwam dichterbij, oh veel dichterbij, en streelde Vicky's arm, langs haar zij en toen terug naar haar oksel, terwijl ze Vicky's zachte rondingen volgde.

Zijn hand eindigde onder Vicky's rechterborst, en hij pakte haar voorzichtig vast, drukte zachtjes op de tepel tussen zijn duim en wijsvinger en voelde hoe hij harder werd met zijn aanraking.

Samantha drong zachtjes in Vicky's mond en streek met haar tong over Vicky's kleine, schone tanden.

Toen Samantha zich terugtrok, beet Vicky zachtjes op haar onderlip om zich terug te trekken, voordat ze hem losliet.

Ze ademden allebei zwaar. Samantha keek naar Vicky's lichaam, reikte toen naar beneden, liet zich zakken en liet zich zakken tot haar hand op de voorkant van Vicky's witte slipje rustte.

Ze dook nog wat verder.

Vicky sloot haar ogen en legde haar hoofd op het kussen

("Ja," hijgde hij), en Samantha voelde hoe hij zich tegen haar hand ontspande.

Samantha boog zich over Vicky's blootliggende nek en kuste hem drie keer zachtjes, waarbij ze pauzeerde bij de laatste kus en haar tong uitstak (zout) terwijl ze Vicky's natte slipje naar beneden drukte.

Ze spreidde haar vingers en voelde de vorm van Vicky's poesje door de dunne stof van haar katoenen slipje.

"Uh huh," kreunde Vicky.

Samantha leunde nog verder, bleef haar nek kussen en liet haar linkerhand achter Vicky's kleine, gewelfde, blote rug glijden.

Met zijn rechterhand begon hij langzaam maar zeker op en neer te masseren.

Het vocht veranderde al snel in een nat slipje.

Ten slotte liet hij zijn hand op en neer onder Vicky's slipje glijden, zijn vingers in haar fluwelen plooien gedoopt, tastend naar haar vurige seks zodat Vicky's ogen groot werden.

Hij wreef ze een keer, twee keer, drie keer langzaam, trok zich toen weg en ging rechtop zitten.

"Dat was goed ... wacht nee!" zei Vicky

Samantha bracht haar vingers naar haar mond en liet ze glijden, genietend van Vicky's sappen.

Toen ze klaar was, boog ze zich voorover en haakte ze haar vingers in de zijkanten van het slipje van haar vriendin.

'Deze moeten weg', zei hij.

Voordat Vicky kon protesteren, begon ze ze te verwijderen toen ze uit bed kwam.

Vicky ontspande haar kont en tilde haar benen op, zodat Samantha haar slipje uitdeed.

Samantha ving een glimp op van Vicky's perfecte kont en zag het roze van haar kutje onder een lok blond krullend haar.

Ze likte haar lippen en staarde hem hongerig aan.

Snel knoopte Samantha de knopen van haar blouse los en liet hem op de grond vallen.

Hij knoopte zijn spijkerbroek los en ritste hem open, pauzeerde even, haakte toen zijn duimen aan de zijkanten van zijn broek en trok ze naar beneden.

Ze trok haar lichtblauwe sokken uit en stond op om een eenvoudig paar lichtblauwe uitgesneden slipjes te onthullen met een geborduurde bloem op de voorkant.

'Ik kan niet geloven dat we dit doen,' zei Vicky zacht.

Samantha maakte haar beha los en deed hem uit, haakte toen haar duimen in de draderige zijkanten van haar slipje, trok ze uit en duwde ze met één teen weg.

Samantha kroop weer op het bed en zwaaide toen haar lange benen over Vicky's hoofd heen.

Vicky lag nog steeds op de kussens en ze merkte dat ze plotseling recht naar Samy's poesje staarde, ongeveer een centimeter verderop.

Haar roze bloem verscheen vaag en Vicky ademde diep de geurige geur van Samantha in.

Haar kutje was absoluut geschoren.

'Nu weet ik waarom je op zaterdagochtend zoveel tijd in de badkamer doorbrengt!' ze lachte.

Vicky's gegiechel werd onderbroken door een zucht toen Samantha met haar tong over Vicky's klitje ging en hem vervolgens zachtjes in haar natte roze gaatje liet zakken.

Ze trok zich snel terug en lachte van verrukking, leunend op een arm om het zachte, weelderige bruine haar van haar gezicht te borstelen.

Hij liet zich weer zakken en streelde Vicky's blonde krullende lok schaamhaar, haalde diep adem en glimlachte.

Ze voelde Vicky's hete adem op haar blote poesje.

Vicky reikte om Samantha's dijen heen en pakte haar billen met beide handpalmen vast.

Ze tilde haar hoofd iets naar voren, opende haar mond en bedekte Samy's poesje, terwijl ze haar tong en speeksel over het hele gebied liet glijden.

Samantha drukte haar neus steviger tegen Vicky's schaamhaar en opende in stille extase haar mond.

Haar tenen spanden onwillekeurig op de kussens aan weerszijden van Vicky's hoofd, terwijl Vicky haar ogen sloot en haar kutje masseerde met natte, ritmische bewegingen van haar mond.

Samantha reikte rond Vicky's benen en onder haar kont, en met behulp van de toppen van haar vingers spreidde ze Vicky's lippen voorzichtig totdat ze de hete roze nattigheid van haar interne vagina kon zien.

Ze liet haar haar rond haar hoofd vallen en streelde Vicky's huid, ze dook erin, tong eerst, en begon diep te likken.

Oh, het smaakte sterk van het zweet van zijn training, zoet en muskusachtig.

Ze likte op en neer met haar tong.

Vicky verstijfde tegen Samy's gezicht en liep achteruit.

Instinctief tilde ze haar benen in de lucht en boog haar knieën, waardoor Samantha een diepere toegang kreeg.

Ze greep Samantha's kont stevig vast en drukte haar gezicht met kracht en afwisseling tegen haar kutje.

Ze vielen al snel in een ritme: Samy drukte haar lippen tegen Vicky terwijl Vicky haar hoofd naar voren leunde, en dan drukte Samantha haar kutje zachtjes tegen Vicky's lippen terwijl ze achterover op het kussen ging liggen.

Hun lichamen, die langzaam heen en weer wiegden, verdwenen al snel in blinde, witgloeiende golven van schijnbaar eindeloos plezier.

De kamer was leeggemaakt van alles behalve de gedempte geluiden van hete tong in nat poesje.

Vicky voelde het eerst, een langzame beklemming in haar buik.

Maar de hitte verspreidde zich als een langzame vloed door haar lichaam.

Ze kreunde terwijl ze haar tong in de plooien van Samy's poesje drukte.

Samantha voelde Vicky's kreunen als een kleine vibrator tegen haar tere clitoris.

Ze sloot haar ogen toen ze voelde dat ze zichzelf tot het uiterste begon te pushen.

Zijn tempo ging heel licht omhoog, want dat was genoeg.

Ze konden proeven wat er zou komen.

Ze likten, zuigen, drukten hun lippen en tongen steeds harder en voelden het opkomend tij tegen elkaar aan terwijl hun golven van plezier steeds dichterbij kwamen, en meer en meer ...

En toen, o, het gebeurde, en ze kwamen, ze kwamen zo mooi en wonderbaarlijk.

Vicky voelde de hete seks van haar partner over haar lippen en kin stromen.

Samantha kon een andere smaak proeven, heter en een beetje zuur, diep in Vicky's poesje.

En steeds weer krampen voelen en plezier overspoelden ze als een waterval, en het leek alsof er nooit een einde aan zou komen.

En toen zakte het langzaam, zachtjes weg, en ze likten elkaar stilletjes, en toen rolde Samantha op haar zij, opgerold, uitgeput, voorlopig.

Vicky keek omhoog naar het plafond, trok de rug van haar hand op haar gezicht, veegde het vocht uit haar mond en haalde diep adem.

Oh mijn lief.

De zon stroomde door de ramen naar binnen en alles in de kamer leek een andere kleur: alles was plotseling veranderd, zorgwekkend maar ook heerlijk.

Mompelend gleed Vicky langs Samantha, nog steeds met haar gezicht naar beneden, en streelde haar.

Samantha hief haar been op zodat Vicky haar hoofd op haar binnenkant van de dij kon laten rusten, en op dezelfde manier liet ze haar hoofd op Vicky's dij rusten.

Vicky stapte om Samantha heen en omhelsde haar stevig.

'Ik hou van je Samantha,' zei hij.

Flappen van vreugde vulden Samantha's borst.

Hij had zo lang gewacht om die woorden te horen, en nu waren ze eindelijk gearriveerd.

Ze gingen al snel zitten om elkaars sappen weer rustig te likken, wegkwijnend in het comfort van hun zij negenenzestig.

En de deur ging open.

En tussen Vicky's benen zag Samantha, in de deuropening staan, met open mond van verbazing, haar derde kamergenoot: Cristina.

Oh nee.

Lieve en onschuldige Cristina, die daar stond met haar leren rugzak op haar rug, met dat lange, wilde rode haar dat tot op haar schouders viel.

Met een hand op de deurknop.

'Het spijt me echt,' was alles wat hij kon zeggen, voordat hij de kamer verliet en de deur haastig sloot.

HOOFDSTUK 3

Cristina stond in de gang, hield de deurpost met één hand tegen de muur en haalde zwaar adem.

Wat had hij net gezien?

Hij kon het niet geloven: twee maanden bij hen gewoond en hij had niets vermoed.

Ze had er bedenkingen bij gehad om als eerstejaars meisje een kamer te krijgen met twee tweedejaars meisjes die elkaar al kenden, maar ze had geen idee dat ze hier zouden komen.

Ze had geen idee dat ze ... ze waren ...

Wat zou ze moeten doen?

Hij moest verhuizen, hij moest overplaatsing aanvragen.

Ze zou zich absoluut niet op haar gemak voelen wetende dat haar kamergenoten geliefden waren.

Het was te vreemd, en meer dan hij had gevreesd, het zou altijd twee tegen één zijn.

Maar dan ... wat had hij net gezien?

Hij kon het niet, hij probeerde het, maar hij kreeg het beeld niet uit zijn hoofd.

Het was heel veel.

Ze lagen daar op Vicky's bed, totaal onbedekt, naakt en... ineengestrengeld.

Gewoon een ongemakkelijke, vlezige wirwar van behaaglijke zachte vacht en lange, slanke benen.

Ze hadden elkaar opgegeten.

Gezichten begraven tussen de benen.

En Samantha had haar gezien, ze keek haar recht aan met die grote bruine ogen die groot werden van verbazing, haar tong trok nog steeds weg van Vicky's kruis, dat zo ... roze was.

En Vicky's kont was zo mooi en het bewoog gezellig.

Nee nee nee.

Cristina's mond was droog en ze slikte.

Waarom gingen deze gedachten door zijn hoofd?

Het is waar dat ze zich alleen had gevoeld.

Jongens besteedden zeker veel aandacht aan hem, maar zijn knappe uiterlijk had veel meisjes afstandelijk en afstandelijk gehouden.

En ze had zich altijd buitengesloten gevoeld door haar twee kamergenoten, die zeker aardig en vriendelijk genoeg waren, maar ze hadden altijd iets met elkaar gedeeld wat ze niet deed.

En nu wist ze het.

Maar misschien ... kon ze het niet.

Hij kon daar niet gewoon naar binnen lopen en hen aankijken.

Het zou te veel zijn.

Maar ze wilde het weten.

Ze wilde zien wat ze aan het doen waren.

Zijn hand stak zijn hand uit en zijn bleke, slanke vingers sloten zich om de deurknop.

HOOFDSTUK 4

Ze sloot de deur snel achter zich.

Vicky en Samantha draaiden zich naar haar toe terwijl ze midden in een gesprek zaten.

Ze zaten naakt op de rand van het bed en praatten zachtjes over wat er net was gebeurd.

Toen Cristina terugkeerde naar de kamer, trok Vicky een los T-shirt tegen haar borst in een zwakke poging om haar borsten te bedekken en begon ze op te staan.

'Kijk, Cristina, het spijt ons ...'

'Je hoeft het niet te voelen. Het is alleen dat ... ik wist het niet. En ik kwam terug omdat we erover moesten praten.'

Cristina stond onhandig voor de deur en probeerde haar ogen weg te trekken van de aanblik van Samantha's naakte lichaam.

Ze friemelde aan de zoom van haar bruine geruite rok.

Vicky keek Samantha vragend aan.

'Je hebt ons op een ongemakkelijk moment betrapt,' begon Samantha. "We hebben dit nog nooit eerder gedaan."

Cristina dacht hierover na.

'Nou ja, dit wordt waarschijnlijk lastig als jullie twee ... betrokken zijn, denk ik. Ik kan een overplaatsing naar een andere kamer regelen of zoiets. Oké, het kan me niet schelen.'

Samantha knikte met tegenzin, maar Cristina keek haar nog steeds niet recht aan.

Arme Cristina, dacht hij.

Dit was nogal een schok voor haar.

Ze zag er zo lief uit en stond daar zenuwachtig in haar schone witte blouse en kleine bruine rok.

Haar lange, slanke benen waren bedekt met deze grote bruine leren laarzen die tot net onder haar tere knieën reikten.

Cristina wiebelde met de teen van haar linkerschoen en draaide bijna, een beetje, ondeugend om de hiel.

Hij vermeed nog steeds Samantha's blik, totdat hun ogen elkaar een ogenblik ontmoetten en zijn ogen glinsterden van verlegenheid.

Cristina's wangen werden rood.

"Ik ... ik weet niet waarom ik terugkwam, ik zou terug moeten komen nadat ze gekleed zijn."

'Wacht,' zei Samantha.

Hij stond op en liep langzaam op zijn blote voeten door de kamer, langzamer toen hij op Cristina af kwam.

Hij dacht aan duizend mogelijke dingen om te zeggen, maar eindigde met te zeggen:

'Je moet de tas laten vallen.'

Cristina nam het zonder na te denken van haar schouder en Samantha stak haar hand uit en hielp haar haar op de grond te laten zakken.

Naakt en angstig stond ze een beetje opzij, maar heel dicht bij Cristina en keek haar recht aan.

Cristina's ogen dwaalden wild door de kamer en keken overal behalve naar Samantha.

Zijn ademhaling werd oppervlakkig en snel.

Eindelijk liet hij zijn blik rusten op Samy's blote borsten, haar tepels waren zichtbaar verhard.

Samantha stak haar hand uit en tilde Cristina's kin op.

Hij leunde naar voren en Cristina sloot haar ogen en hun monden waren bij elkaar, open en smakelijk.

Cristina kreunde in een mengeling van ontsteltenis en plezier.

Ze hoorden allebei het zachte geluid van Vicky die het hemd losliet dat ze tegen zijn borst had gedrukt.

Cristina voelde dat Samantha's handen op en neer langs haar zij gingen en drukten, en ze omhelsde Samantha op haar beurt voorzichtig, terwijl ze haar handen langs de zijkant van haar blote borsten liet glijden en vervolgens naar beneden en naar achteren om haar kont stevig en volledig vast te houden.

Ze drukten hun lichamen tegen elkaar, en toen trok Samantha zich een beetje terug.

Ze glimlachte ondeugend en begon Cristina's blouse los te knopen.

Cristina deed haar mond open om te protesteren, maar plotseling stond Vicky naast Samantha, met een serieuze blik van verlangen in haar ogen.

"Oh Cristina" was alles wat ze aankon en drukte haar lippen hartstochtelijk tegen Cristina's verraste maar opgetogen lippen.

Vicky leunde tegen haar mond en genoot van Cristina's zoete mond.

Samantha was klaar met het losknopen van Cristina's blouse en drukte haar rug tegen de deur.

Vicky viel op de grond, gehurkt, tot ze vlak voor Cristina's rok stond.

Hij drukte zijn gezicht tegen zijn kruis en haalde diep adem door de krassende plaid.

Terwijl Cristina naar beneden keek, reikte Samantha naar de cups van Cristina's beha.

Hij wees ze af, zodat Cristina's beide borsten eruit kwamen.

Zijn tong raakte een van Cristina's kleine roze tepels en Cristina voelde kleine elektrische schokken omhoog en omlaag langs haar ruggengraat vallen.

"Oh!"

Samantha omcirkelde de tepel met haar lippen en zoog er zachtjes op, terwijl ze het kleine bultje masseerde met haar tong.

Toen begon Samantha beide borsten met haar handen te kneden en te masseren, waarbij ze haar warme mond eerst op de ene tepel legde, dan de andere ... trillen, plagen, zuigen.

Vicky tilde de voorkant van Cristina's rok met één hand op en onthulde haar katoenen slipje in bikinistijl.

Met zijn andere hand duwde hij langzaam haar slipje opzij.

Cristina's schaamlippen waren nat en staken een beetje uit, en Vicky voelde een rilling van lust in haar nek.

Hij tilde het puntje van zijn tong een beetje op en over haar klit, en voelde Cristina verstijven tegen de deur.

Hij bukte zich met trillende tong en begon hem ernstig op te eten.

Ze liet de rok op haar hoofd rusten, reikte achter en onder zichzelf en begon haar eigen natte, doorweekte kut te masseren.

Cristina voelde voor het eerst de hete tong in haar kutje en stak haar vrije hand uit, op zoek naar iets, wat dan ook: ze sloeg haar vingers om de deurknop en werd al snel het enige dat haar ervan weerhield op de grond te vallen, terwijl de sensaties van Samantha zuigt aan haar borsten en Vicky eet haar kutje en dreigt haar te overweldigen met extase.

Hij hapte naar lucht (in en uit bij elke ontlading van plezier) terwijl hij vocht om niet te kreunen.

Alles was zo plotseling en eenvoudig gebeurd: Cristina had nooit gedacht dat ze zo verteerd zou kunnen worden door lust naar vrouwen.

Maar hier was het.

Ze had zeker enkele vluchtige fantasieën meegemaakt bij de weinige keren dat ze haar aantrekkelijke kamergenoten in hun ondergoed had zien rondhangen, maar niets had haar voorbereid op de sensaties van ... oh, oh, oh! Vicky prikte snel en stak haar tong uit Cristina's hol.

Glimlachend wendde Vicky haar hoofd onder Cristina's rok vandaan.

"Mmmmm ... je smaakt echt goed, schat!"

Vicky ging op zoek naar de rits van Cristina's rok.

Samantha kuste van Cristina's borsten tot in haar nek, stak haar hand uit en maakte haar beha los, trok hem uit en liet hem opzij vallen.

Hij hielp Cristina ook om haar blouse op de grond te ontwijken.

Terwijl ze dit deed, slaagde Vicky erin om Cristina's rok los te knopen, en ze gooide hem ook op de grond, terwijl ze Cristina's kleine gele slipje om haar enkels sleepte.

Ze stak haar hand op, pakte Cristina's handen beet en stond op.

Ze glimlachte en keek in Cristina's verbaasde ogen en vervolgens naar haar benen, nog steeds bedekt met die hoge leren laarzen.

Hij keek langzaam op en genoot van Cristina's lange benen, slanke taille en perfect gevormde borsten.

'Laten we een geweldige tijd hebben. Cristina, je bent ... geweldig.'

Vicky hield haar beide handen vast, hielp haar haar slipje helemaal uit te trekken en duwde haar voorzichtig de kamer in.

Ze kwamen weer naast Vicky's bed terecht, en ze sloten zich bij elkaar om elkaar te kussen en aan te raken in nog een knuffel.

Samantha ging achter Cristina staan en streek met haar handen over haar verontrustende kleine kontje.

In plaats van naar bed te gaan, liet Vicky Cristina zakken en legde haar voorzichtig op het tapijt van nepschaapsvacht.

Toen Vicky haar liet zakken, met een hand om haar nek, keek Cristina Vicky aan met ogen vol zelfvertrouwen en enthousiasme.

Cristina lag op het tapijt en spinde goedkeurend terwijl zachte witte lokken haar omhulden, die haar schouders en rug kriebelden.

Kleine stokjes streelden haar kont en spleet een beetje, waardoor haar natte kutje een beetje strakker reageerde.

Ze lag met haar benen uit elkaar, haar knieën gebogen, haar voeten op het tapijt, met Vicky tussen hen in geknield.

Vicky gleed naar beneden tot ze op haar ellebogen en knieën zat, met haar hoofd naar Cristina's poesje gericht.

Het was een beetje gescheiden en de lippen waren bloot, alleen een kleine lok krullend rood haar op haar clitoris.

Hij liet zijn handen onder Cristina's kont glijden, bracht haar seks naar de lippen van haar mond, en plantte toen een stevige, zacht zuigende kus op Cristina's clitoris.

Cristina zuchtte hoorbaar.

Vicky kuste hem opnieuw, deze keer bleef ze liggen, weer zachtjes, zachtjes, zachtjes zuigen, toen gleed haar tong uit en over Cristina's poesje.

Haar mond was open, hem bevochtigend en masserend.

Cristina kromde haar rug en leunde met haar hoofd achterover tegen het tapijt, haar mond open en haar ogen sloten van plezier.

Een zacht gekreun ontsnapte hem.

Samantha, die voor hen stond, kon niet langer uit deze fantasie blijven.

Het was een prachtig gezicht: Cristina kronkelde op het tapijt terwijl Vicky haar at, haar welgevormde kontje fladderde in de lucht.

Samantha ging ook achter Vicky op haar knieën zitten en Vicky voelde Samantha's neus in haar spleet en zijn warme adem in haar kleine poesje.

Samantha begon te likken en in haar plooien te graven, en voor een paar korte momenten bevond Vicky zich ongelooflijk in de middelste schakel in een ketting van lesbische lust.

Hij stelde zich het plezier voor dat in haar kutje kwam, steeg door haar lichaam en liet haar mond zuigen.

Na een halve minuut deed Samantha een stap achteruit en knielde.

Ze kwam achter en links van Vicky naar voren en streek met haar kruis tegen de ronding van Vicky's kont.

Samantha spreidde Vicky's billen met haar rechterhand en begon haar poesje stevig te masseren, nu met volledig zicht op de effecten van haar hand op de hete actie die zich voor haar op de vloer ontvouwt.

Cristina deed haar ogen weer open en leunde op haar ellebogen.

Hij keek toe terwijl Vicky herhaaldelijk haar mond tegen zijn heuvel duwde.

Vicky sloeg haar ogen op, zag Cristina verbaasd staren en trok haar mond een beetje naar achteren.

Hij strekte zijn lange spitse tong uit en deed Cristina's lippen uit elkaar, waardoor de plooien met een kleine beweging van links naar rechts ontstonden.

Cristina bleef betoverd kijken terwijl Vicky's natte, glinsterende tong het roze tussen Cristina's schaamlippen trok, op en neer gleed, en weer op en neer over haar kutje.

Vicky trok haar tong een beetje terug, en een fijne streng speeksel en Cristina's zoete sappen verspreidden zich tussen haar tong en haar kut.

Vicky gooide haar tong terug, nu met de punt op Cristina's clitoris.

Hij draaide het puntje van zijn tong in kleine cirkels en veroorzaakte schokgolven door Cristina's lichaam.

Cristina's voeten dreven van de vloer terwijl ze haar knieën ophief en verder reikte naar Vicky's aandacht.

Vicky greep haar kont steviger vast en tilde Cristina's zwaartepunt hoger.

Zijn tong gleed naar beneden en rond Cristina's nauwe gaatje en begon het puntje van zijn tong erin te steken.

Beetje bij beetje nam de weerstand af en Vicky was in staat om langzaam een aanzienlijk deel van haar tong in Cristina's gat te werken.

De hete, getextureerde vaginale wanden van Cristina's poesje grepen en rukten aan Vicky's tong, ritmisch en gretig.

Kleine onvrijwillige spasmen schudden Cristina's buik.

"Oh. Ja. Eet mij." Cristina was verrast door de woorden die uit haar eigen mond ontsnapten.

Beiden verbaasd over Vicky's enthousiasme, keken Samantha en Cristina elkaar aan en keken elkaar diep in de ogen.

Samantha voelde iets in haar bewegen terwijl Cristina naar haar bleef staren, haar uitdrukking verhardde en steeds zelfverzekerder.

Vicky bleef tegen Samantha's hand drukken en Cristina likken, zich niet bewust van de plotselinge stilte.

Cristina's ogen sprankelden en vernauwden zich uitnodigend.

Haar lippen gingen uit elkaar en het puntje van haar kleine, natte tong ging langzaam langs haar bovenlip.

Samantha knikte begrijpend.

'Kom hier,' fluisterde Cristina.

Samantha stond op en de emotie spoelde door haar lichaam.

Hij ging op zijn tenen over en achter Cristina's hoofd staan.

Samantha ging op haar knieën zitten en liet haar gezicht zakken zodat ze met haar gezicht naar beneden voor dat van Cristina lag.

Cristina was in conflict: Vicky's tong liet haar tot het uiterste dansen, maar tegelijkertijd probeerde ze over te brengen hoeveel ze van Samantha hield.

Zo lief, zo verleidelijk, dacht Samantha.

Glimlachend kuste Samantha haar: de sensaties van de oppervlakken van hun tong in direct contact verrasten hen beiden.

Ze kusten hongerig, bijten zachtjes op hun lippen en genoten van elkaar.

Samantha kroop naar voren, met het gezicht naar beneden, en ze vonden hun borsten met hun mond, likken en zuigen.

Cristina was opgetogen over het gevoel van Samantha's tepel die tussen haar lippen verhardde, terwijl ze zachtjes aan een van haar slappe borsten zoog.

Samantha kroop nog verder naar voren en belandde op haar knieën, schrijlings op Cristina's borst, achteruit.

Hij keek over zijn schouder naar Cristina's verbaasde blik.

"Ben je klaar?" Vroeg Samantha.

'Ja,' ademde Cristina.

Langzaam ging Samantha op Cristina's gezicht zitten.

Cristina deed haar mond wijd open en strekte haar tong uit, terwijl Samantha's zachte en tedere vlees haar zachtjes bedekte.

Hij liet zijn tong over Samantha's clit glijden en in haar spleetje, hij proefde voor het eerst haar poesje, en... Samantha smaakte zo goed!

Cristina haalde diep adem, haar neus begraven in Samantha's uitsparingen, en begon ritmisch haar natte lippen te likken, ook nat van het speeksel.

Samantha voelde zijn tongetje onder haar en deed haar ogen dicht van plezier.

Dit ging zijn stoutste dromen ver te boven.

Vicky, die nog steeds Cristina's poesje aan het eten was, stopte en ging op haar knieën zitten om naar de show voor haar te kijken.

Samy, haar ogen nog steeds gesloten, haar mond was open van extase, en haar elegante donkerbruine haar zat verward om haar hoofd, verward door haar liefde.

Voor Vicky had ze er nog nooit zo mooi uitgezien.

En daar was ze, lichtjes op en neer wiegend terwijl ze op Cristina's gezicht reed.

Samantha deed haar ogen open en glimlachte opgewonden naar Vicky.

Toen ze zag dat Cristina's poesje vrij was, greep Samantha de gelegenheid aan en boog haar gezicht naar voren om verder te gaan waar Vicky was gebleven.

Hij stak zijn tong in Cristina's spleetje, proefde het voor het eerst, en nipte van de sappen die nu rijkelijk vloeiden.

Vicky liet ze elkaar een tijdje opeten, hongerig en gretig in haar hete negenenzestig.

Cristina had nu haar benen erg hoog, haar knieën bijna tot aan Samantha's schouders, toen ze haar lichaam naderde.

Samantha hield haar met haar armen voor Cristina's dijen terwijl ze haar tong in haar kutje duwde en tegelijkertijd haar eigen kutje in Cristina's ondeugende mond kneep.

"Ummm, ummm, ummm ..." gromden ze in de maat met hen beiden.

Vicky raakte de achterkant van Samantha's hoofd aan, waardoor ze van zijn lik opkeek.

'Ik heb een idee,' zei Vicky.

HOOFDSTUK 5

Met tegenzin liet ze Cristina's benen zakken en stond op, nog steeds zittend op Cristina's onverbiddelijke mond.

Maar ze had de schittering in Vicky's ogen gezien en wist dat dit goed zou zijn.

Vicky ging naast Samantha staan en kuste haar, terwijl ze Cristina's sappen in haar mond genoot.

Toen draaide ze zich om en ging ook schrijlings op Cristina zitten, met haar rug tegen Samantha's borsten.

Hij pakte de achterkant van Cristina's knieën en vouwde haar leren benen weer zodat hij Cristina's kutje kon zien.

Ze stond rechtop en boog zich volledig voorover, met de flexibiliteit van een cheerleader, met haar handpalmen op het tapijt van schapenvacht voor Cristina's billen.

Hij liet zijn mond zakken zodat hij vlak voor Cristina's doorweekte kutje stond en dook erin.

Samantha merkte dat ze verbaasd met open mond naar Vicky's uitgestrekte poesje staarde.

Vicky stond rechtop op haar voeten, bijna rechtop, de spieren in haar mooie benen spanden en trilden lichtjes.

Samantha trok aan de voorkant van haar knieën om haar in evenwicht te houden.

Samantha behoefde geen verdere aansporing en drukte haar gezicht tegen Vicky's seks, en maakte een bijna onmogelijke driehoek van hete monden op natte, druipende kutjes.

Cristina, nog steeds begraven onder Samantha, versnelde haar pas.

Ze was al erg opgewonden door het wisselen van tongen in haar kutje.

Vanuit zijn uitkijkpunt kon hij voorbij Samantha's gladde kleine rug kijken, en ving hij een glimp op van Samantha's hoofd begraven tussen Vicky's billen.

Cristina voelde een warme blos door haar heen gaan: deze hele scène was heter dan alles wat ze zich ooit had kunnen voorstellen.

Cristina had al meer plezier gehad dan ze kon verdragen, en ten slotte, toen ze Vicky's vurige kleine tong in en uit haar poesje en op haar clit voelde glijden, wist Cristina dat ze bijna zou komen en dat ze het niet zou kunnen bevatten zichzelf ervoor. meer tijd ...

Vicky begon steeds harder te weerstaan tegen Samantha's mond, totdat Samantha er eindelijk niet meer tegen kon.

Samantha hief haar handen op, stak twee vingers uit elke hand in Vicky's hol en liet haar tong hard tegen haar klitje glijden.

Bijna onmiddellijk begon Vicky te komen.

Stralen van witte sappen liepen door haar kutje en over Samantha's gezicht.

Samantha liet druppels in haar open mond vallen.

Tegelijkertijd gingen er golven van orgasme door Cristina's lichaam.

De blos van vurige seks vervulde al haar zintuigen en ze voelde dat ze de rand van een gigantische waterval naderde.

Haar climaxkreet klonk gedempt tegen Samy's kut.

Vicky, zich nauwelijks bewust van wat er om haar heen gebeurde door haar eigen komst van haar orgasme, wachtte tot de spasmen in Cristina's poesje verdwenen.

Ze zakte naar voren terwijl Samantha's vingers uit haar kutje gleden.

Ze krulde zich glimlachend op haar zij in een foetushouding op het tapijt van schapenvacht.

Het was zo geweldig geweest.

Samantha, die nog steeds op Cristina's mond zat, veegde het sap van haar gezicht en glimlachte terug.

Hij was heter dan ooit in zijn leven, en hij voelde de veelbetekenende tinteling van zijn eigen orgasme.

Maar Cristina zou ervoor moeten werken.

"Kom op schat, je kunt me laten komen," zei hij.

Cristina versnelde haar pas.

Samantha leunde tegen Cristina's gezicht.

Ze sloot haar ogen en likte haar lippen terwijl ze haar handpalmen op haar gebogen rug legde.

Ze begon zachtjes op en neer te wiegen en leek haar gewicht fijn te balanceren op het puntje van Cristina's tong.

Cristina, die bijna herstellende was van haar orgasme, voelde een nieuwe emotie bij het idee om een orgasme uit te lokken bij een ander meisje.

Hij hief zijn handen op en streelde Samantha's welgevormde borsten, waarbij hij zijn vingers over haar harde tepels liet glijden.

Toen Samantha meer op haar gezicht drukte, begon Cristina haar tong steviger en harder in en uit haar mond te steken.

Het puntje van zijn tong gleed door de groef tussen Samantha's schaamlippen en tegen haar natte, glibberige clitoris.

Heen en weer, heen en weer.

Samy was er bijna.

Vicky zag Samy flirten met de randjes van haar orgasme.

Haar ogen waren gesloten en haar mond was open van plezier, haar lippen glinsterden.

"Ik ga komen ... uhm ... ik kom! Oh! Ja! Ik kom!"

Samantha gooide haar hoofd achterover, haar mond open hangend, en was verloren in een climax.

Ze rende, rende, rende.

Hitte, seks, tongen, meisjes die eten.

De tijd stopte toen hij zijn essentie overweldigd voelde door witgloeiende extase.

Na wat een eeuwigheid had kunnen zijn, voelde hij langzaam al zijn zintuigen terugkeren.

Ten eerste de sensatie van Cristina's tong die de sappen diep in haar poesje likt.

Toen het geluid van haar eigen moeizame ademhaling, die weer normaal werd.

Eindelijk, de muskusachtige geur van seks en de drie meisjes die samen in de kamer komen.

Ze deed haar ogen open.

Vicky lag daar voor haar, leunend op een elleboog, glimlachend.

Samantha trok zich los van Cristina's mond en kroop op handen en knieën naar voren.

Hij kuste Vicky zachtjes en ze lachten allebei.

Hij draaide zich om en kijkend naar Cristina's tevreden blik, werd zijn glimlach zachter.

Samantha bukte zich en keek haar in de ogen.

'Dank je,' zei ze, voordat ze haar mond tegen die van Cristina drukte, de tong vermengde zich en de smaak van Samantha's eigen poesje nog steeds op Cristina's lippen.

Na lange en tedere momenten trok ze zich terug.

Cristina keek haar met pure bewondering aan.

Samantha ging naast Cristina op het tapijt liggen en ze omhelsden elkaar.

Vicky kroop naar hen toe, en ze lieten de volgende minuten voorbijgaan in de middagzon, zachtjes zoenen, lieve woordjes fluisterend, hun handen, knieën en voeten strelend, giechelend terwijl ze nonchalant hun vingers in de hete doopten. En nat kutjes.

Ze waren ontspannen, nat en open, nadat ze uit hun orgastische hoogtepunten waren gekomen, en er was een wederzijds gevoel van euforie, dat ze elkaar volledig vertrouwden.

HOOFDSTUK 6

Vicky streelde Cristina van achteren, streelde zachtjes haar rode haar en streelde haar nek.

Samantha stond aan de andere kant en duwde Cristina tussen hen in.

Een pauze van tevreden stilte ging over hen heen en Vicky liet haar hand langs Cristina's zij glijden en begon haar kont te aaien.

Cristina nestelde zich erin en Vicky glimlachte terwijl haar handen over Cristina's ronde, goed gevormde wangen gingen.

Zo zacht en zo mals.

Met drie vingers doopte Vicky ze tussen Cristina's billen en begon haar seks te masseren.

Mompelde Cristina goedkeurend.

Vicky stak haar middelvinger erin en Cristina kneep er hard in.

Lichtjes bijtend op Cristina's schouder, begon Vicky hem in en uit te pompen: ze trok haar vinger eruit zodat alleen de punt erin zat, duwde hem toen langzaam naar haar knokkel en trok toen weer.

"Ooooohhhh ... Dus Vicky, zo."

Samantha glimlachte terwijl ze voor Cristina op haar zij lag.

Met zijn hand onder Cristina's hoofd sloten ze zich aan en begonnen te kussen.

Haar lippen waren zout, vochtig en smakelijk.

Haar borsten werden aangedrukt en haar tepels werden weer hard.

Samantha voelde het ritme in Cristina's lichaam opnieuw beginnen terwijl Vicky haar constant van achteren bleef neuken.

Samantha liet een van haar eigen handen langs de voorkant van Cristina's lichaam glijden terwijl ze kuste, en liet haar vingertoppen op Cristina's pulserende heuvel rusten.

Ze versnelde het tempo en begon met toenemende druk over Cristina's clitoris te wrijven.

Cristina voelde de vertrouwde tinteling door haar nek kruipen en haar rug kromde terwijl de vingers van haar twee metgezellen magie in haar bewerkten.

Ze voelde de hitte van hun lichamen aan weerszijden van haar.

Samantha's prachtige borsten bewogen tegen de zijne, en hij stelde zich Vicky voor achter haar, die mooie, parmantige blondine met haar helderblauwe ogen en aanstekelijke glimlach.

Datzelfde schattige meisje likte nu aan haar oorlel terwijl ze vol plezier haar vinger in en uit Cristina's gaatje stak.

Het was zo nat dat ik de vinger nu in en uit kon horen gaan.

Samantha's vingers op haar clit stuurden ook kleine elektrische schokken door haar lichaam.

Ze deed haar mond open en er ontsnapte een klein hapje terwijl het ritme haar inhaalde.

Haar hele lichaam begon te trillen toen zachte golven van orgasme over haar heen spoelden, keer op keer.

Samantha glimlachte terwijl ze Cristina's trillende lichaam vasthield.

Vicky voelde de natte plek uit haar hand komen en ze bleef haar vinger in en uit pompen totdat de samentrekking van Cristina's vagina minder werd.

Zuchtend begon ze haar vinger terug te trekken.

'Stop niet,' beval Cristina met krachtige en vastberaden stem.

Hij keek in Samantha's grote bruine ogen.

Samantha keek vragend achterom en de hoek van haar glimlach kromp in begrip.

Cristina knikte.

'Vicky, steek nog een vinger erin,' zei Samantha.

Verbaasd liet Vicky haar wijsvinger gemakkelijk naast haar middelvinger glijden, terwijl ze de wanden van Cristina's kutje goedkeurend voelde samenklemmen.

Ze begon ze weer in en uit te pompen, geholpen door Cristina's glibberige sappen.

Samantha begon Cristina's clitoris aan te raken.

Cristina keek Samantha verbaasd aan.

Ze wilde dit.

Ze wilde dit meer dan wat dan ook.

Ze wilde dat Vicky van achteren tegen haar aan drukte, haar kleine roze tepels streelden zijn rug, grommend in haar schattige stemmetje terwijl ze twee vingers in Cristina's natte, knusse gaatje stak.

Hij wilde Samantha, de mooie Samantha, met haar luxueuze lange donkere haar, haar lange sensuele wimpers, haar kleine dunne neus en die prachtige expressieve rode lippen.

Glimmend en nat, het puntje van haar roze tong wreef erover terwijl ze zich concentreerde op de deskundige bewegingen van haar hand tegen Cristina's kloppende klit.

Samantha leunde wat lager en wreef nog steeds over Cristina's clitoris, maar nu gleden haar vingertoppen langs Vicky's vingers, gepassioneerd in Cristina's poesje, glad en bedekt met haar sappen.

Cristina voelde de vingers van haar vriendinnen verwoed onder haar vermengen, duwen, wrijven en glijden tegen haar hete, natte seks, en haar felgroene ogen werden groot.

Toen hij zijn rug boog en zijn vuisten balde, had hij een halfbewust gevoel van de omvang van wat komen ging.

Toen haar zicht begon te vervagen, hoorde ze de hete, natte geluiden van Vicky's vingers die met een koortsige toon in en uit haar hol bonzen, terwijl Samantha's vingers steeds harder tegen elk deel van haar klitje en natte poesje drukten.

En dan ... en dan ...

Ze kwam eraan.

Hij gooide zijn hoofd achterover, sloot zijn ogen stijf en deed zijn mond wijd open in een glorieuze, stille kreet van onmetelijke extase.

Ze kwam eraan.

En ze blies haar borst uit terwijl een miljoen explosies haar gladde, melkachtige lichaam deden schudden.

Ze kwam eraan.

En ze voelde een lawine van hete golven in haar kutje en rond de vingers van Vicky en Samy.

En Cristina's bewustzijn verdween in de wuivende golven van eindeloos orgasme.

EINDE

43

VERRADEN
ERIKA SANDERS

45

Hoofdstuk I

Becky hoorde de sleutel in het slot klikken.

Hij rende de trap af, deed het licht in de hal aan en deed de deur open.

Jack stond daar in de regen, de kap over zijn hoofd getrokken, de sleutel in zijn hand, terwijl zijn donkere ogen haar aanstaarden.

'Oh mijn god, je bent gekomen,' zei Becky opgewekt.

Ze sprong naar voren en sloeg haar armen om zijn schouders, omhelsde hem en voelde de regen die haar jas bedekte op haar strakke kleding sijpelen.

Het kon haar niet schelen.

Haar man was hier en dat was het enige dat telde.

Ze bevrijdde Jack uit een uitbundige knuffel en legde haar doorweekte handen op zijn gezicht.

De ernstige uitdrukking op zijn gezicht was niet veranderd.

"Wat is er?" zei ze.

"We moeten praten."

Becky voelde haar maag samentrekken, maar ze deed een stap opzij om Jack binnen te laten en zijn natte laarzen uit te trekken.

Ze ging naar de woonkamer en wreef nerveus over haar armen terwijl ze wachtte tot Jack het slechte nieuws zou brengen, wat het ook was.

Toen ging hij naar de woonkamer, nog steeds met een ernstige uitdrukking op zijn gezicht.

'Kun je ons iets te drinken geven,' zei hij.

Becky ging naar de drankwagen en schonk twee cognac in.

Haar hand trilde toen ze hem een van de glazen overhandigde en de hare snel opdronk.

Jack kwam naar de stoel met nogal vochtige sokken.

De foto die hij gaf was een beetje vreemd.

Ze zou hebben gelachen als het niet voor het gespannen moment was geweest.

Hij zat op het puntje van de stoel en ging niet zitten of trok zijn jas niet uit terwijl hij zich voorbereidde om het slechte nieuws te brengen.

Hij nam een grote slok cognac voordat hij sprak.

'Ze weet alles over ons,' zei hij nadat hij de drank met een laatste zucht had ingenomen.

Becky voelde haar knieën slap worden en haar hart bonkte.

Hij schonk zichzelf nog een glas cognac in.

Hij ging naar de bank voor Jack en ging zitten.

"Zoals?" zei hij na nog een slok van de warme vloeistof.

"Ik zei."

Becky fronste zijn wenkbrauwen.

'Heb je het hem verteld? Waarom?

"Ik kon het niet meer aan."

Becky stond op.

'Zeg me alsjeblieft dat je een grapje maakt Jack.'

Hij schudde ontkennend zijn hoofd.

'Waarom zou je je vrouw vertellen dat je haar bedriegt?'

Jack keek op van onder zijn borstelige wenkbrauwen, waardoor hij eruitzag als een ondeugende pup.

"Ik kon niet zien dat ze onverschillig en kalm was terwijl ze ons smerige geheim bleef verbergen."

'Ons vuile geheim is dat hij het gewoon doet?' dacht Becky.

"Nou, wat zei ze?" zei Becky, terwijl ze deed alsof ze de laatste opmerking niet hoorde, terwijl ze van de ene kant van de kamer naar de andere liep.

'Ze is klaar om ons nog een kans te geven. Als dit stopt.'

Becky stopte en keek naar Jacks gezicht.

'Wij? Bedoel je dat jij en zij samen zijn nadat ik het haar heb verteld?' Jaap knikte.

'Ga je me zo alleen laten? Omdat ze dat zegt?'

"Zij is mijn vrouw."

'En wat was ik?'

'Weet je wat dat was. Ik heb je gezegd dat ik mijn vrouw nooit zou verlaten. Dat was altijd seks tussen jou en mij.'

'Weet je wat dat was. Verleden. Het zat al in zijn hoofd. Hoe kon hij mij dit aandoen? '

Hoewel hij had gezegd dat hij Mary nooit zou verlaten, dacht Becky dat ze hem ervan kon overtuigen dat zij echt de vrouw was die hij nodig had.

Is het niet zo?

Het leek niet.

Jack dronk zijn drankje op en stond op om te vertrekken.

Becky liep naar hem toe.

"Is dat alles dan?" zei ze terwijl ze hem aankeek. "Ga je het zo laten vallen en gaan?"

Jack zuchtte toen hij haar wegduwde om door de gang te lopen.

'Becky, ik heb kinderen,' zei hij nu boos.

Oh nee, zo makkelijk zou hij er niet uitkomen.

Vroeger waren het allemaal complimenten en spottende en erotische berichten, met veel kusjes op het einde om me te betoveren.

Dat is wat iedereen doet om te krijgen wat ze willen.

Als ze dan genoeg hebben, gaan ze in de verdediging en proberen ze van je af te komen.

Jacks echte gezicht was nu te zien.

Voor hem was het niet meer dan een stuk vlees geweest, een gemakkelijke vangst.

Een uitschot.

Een hoer.

Zo hadden mannen haar altijd behandeld. Jack zou niet anders zijn.

'En nu? Er gaan tegenwoordig veel mensen scheiden. Kinderen komen er overheen. Ze hebben nog steeds beide ouders,' zei ze koeltjes.

'Het zijn kinderen, Becky,' snauwde Jack. 'Je hebt een gezin nodig. Veiligheid. Een vader die er altijd is. Niet iemand die een paar keer per week komt opdagen.'

En ik? dacht ze een beetje egoïstisch.

De vrouw die geen kinderen kan krijgen.

De vrouw die altijd blijvend onvruchtbaar zal zijn en die een man geen gezin kan geven.

Het fenomeen.

De zeldzame.

Degene die goed kan neuken voor de lol.

Wie zou echt van haar houden?

'Ik ga naar je huis,' dreigde hij. "Ik zal haar vertellen wat we hebben gedaan. Hoe je me het bos in reed in je auto en me op de achterbank neukte. Waar haar kinderen elke dag op weg naar school zitten. Hoe je me naar hetzelfde restaurant reed dat je haar voorstelde. Kijken of ze dan van gedachten verandert.'

Jack draaide zich om in de deuropening en zijn vingers verlieten de kap die hij op het punt stond over zijn hoofd te tillen.

"Je gaat het niet doen".

"Kijk naar me."

Becky zag voor het eerst een uitdrukking in Jacks ogen die ze eerder bij veel mannen had gezien.

walging.

Wat ze tussen hen hadden, wat er ook voor hem was geweest, was verdwenen.

Ze wist dat ze dat nooit meer terug zou krijgen.

Haar bovenlip rimpelde toen ze de kap over haar hoofd trok en bukte om haar laarzen te pakken.

Becky voelde de warmte uit haar vlees verdwijnen, het koude gevoel achtergelaten te worden.

Taak.

Ze had het te vaak gevoeld.

'Je kunt me niet zomaar verlaten, Jack,' smeekte ze, terwijl ze de bekende tranenstroom uit haar ogen voelde komen.

'Het is voorbij,' snauwde hij, zijn stem verdraaide van woede.

'Doe me dit niet aan, Jack. Alsjeblieft!'

Hij knoopte de neus van zijn laars vast, richtte zich op en keek naar haar onder de deken van zijn kap.

'Kom niet meer in de buurt van mij of mijn familie. Als je dat doet, bel ik de politie.'

Hij hief zijn hand op en liet zijn sleutel op de grond vallen.

De sleutel had ze hem gegeven in de hoop dat hij dit zou zien als zijn ware thuis waar hij uiteindelijk permanent zou gaan wonen.

Het was de laatste steek in zijn hart.

Hij rukte aan de deur en deed een snelle stap de tuin in.

Becky stond op de mat, haar wangen glinsterden van tranen in het felle licht van de woonkamer, en keek naar haar lange gestalte die door de regen liep.

Weg van haar.

Terug naar zijn familie.

Voor altijd uit zijn leven.

Hoofdstuk II

Becky keek in haar glas en voelde haar hoofd draaien.

De whisky liet een zure en bittere smaak achter op zijn tong.

Met trillende vingers pakte ze het glas op en gooide het tegen de muur van de open haard.

Het kwam in botsing met de spiegel, waardoor glasscherven explodeerden en vervolgens op de vloer en het dikke tapijt vielen.

Ze sprong van de bank en liep naar de telefoon.

Tranen welden op in haar ogen toen ze de telefoon oppakte, maar ze zei tegen zichzelf dat ze niet meer zou huilen.

Ze beet op haar lip en toetste resoluut het nummer in.

Na enkele ogenblikken antwoordde een norse mannenstem.

"Hallo?"

'Harry, ik ben Becky,' zei hij, zijn dronkenschap met een glimlach onderdrukkend.

'Becky? Jezus, hoe noem je dat? Het is twee uur 's nachts.'

'Het spijt me. Het is gewoon... ik moet bij iemand zijn.'

'Wat? Op dit moment?'

"Ja."

Hij hoorde geritsel aan de andere kant van de lijn, het kraken van zijn keel, opgedroogd door Harry's sigaretten, terwijl hij om het bed heen liep.

"Maak je me echt wakker voor een fuck in het midden van de ochtend?"

Becky voelde een knoop in haar maag bij zijn woorden.

Wat als ze echt niemand nodig had om haar te plezieren?

Het kon Harry echter niets schelen.

Hij was gewoon een typische man met maar één ding aan zijn hoofd.

Ze stopte de verleiding om te ontploffen.

'Waarom niet? Het is net zo goed als elk ander moment,' zei ze een beetje opgewonden.

'Ik moet om zes uur op zijn.'

'Nou en? Je kunt morgenavond slapen. En je gaat in ieder geval tevreden naar je werk in plaats van te gapen.'

"Ik ben nu diepbedroefd. De enige manier om niet te gapen op het werk is door nog een paar uur te slapen en niet te sporten."

Becky kneep gefrustreerd in haar lippen en pakte haar sigaretten, die naast de telefoon lagen.

Hij stak er een aan, nam een lange, diepe trek en wreef toen met zijn duim over zijn slaap terwijl hij dikke rook blies.

'Ik zal doen wat je wilt,' zei ze, en de nicotine gaf haar genoeg kracht om hem te verleiden.

"De wat?" Zei Harry.

"Ik zal mijn tong in je reet steken. Ik zal je opeten zoals een man een vrouw eet."

Het was even stil en hij voelde Harry aan de andere kant denken.

Er waren niet veel vrouwen die klaar waren om de kont van een man te eten en Harry had een bijzonder gevoelige anus, zijn tong kon zijn hele lichaam buigen en tegelijkertijd schreeuwen.

Het leek er echter op dat hij vanavond erg moe was. Zelfs dat was niet genoeg om hem te verleiden.

'O, Becky. Had je niet op een beter moment kunnen bellen?

"Ik ga mijn string aandoen. Ik ga je een lange harde neukbeurt geven. Is dat wat je wilt Harry? Een. Lang. Hard. Neuken."

Harry klonk nerveus en opgewonden toen hij antwoordde.

Becky wist dat haar uitdrukkelijke en walgelijke moed zijn pik keihard had gemaakt onder de dekens.

Maar wat ze hem ook probeerde te verleiden, hij zag eruit alsof hij niet bewoog.

"Sorry Becky. Ik moet even langskomen. Wat dacht je van vrijdagavond?

Becky zag de asbak op de salontafel en deed haar sigaret uit.

"Je bent net als alle mannen, toch? Je denkt dat ik wegloop als je het zegt. Nou, weet je wat Harry? Je kunt jezelf neuken. Dat was je laatste kans en je hebt hem net gemist."

'Wat... Becky?'

"Dag, Harry. Slaap diep als je kunt. Verdomme!"

Hij sloeg de telefoon neer.

Becky bleef even op het bed zitten, haar hart bonsde, haar bloed kookte, een miljoen verschillende gedachten streden om prioriteit in haar hoofd.

Hoe konden ze hem dit aandoen?

En opnieuw.

En waarom liet ze haar dat keer op keer doen?

Steeds weer in dezelfde oude val trappen.

Ze wist wat psychiaters zouden zeggen.

Je waardeert jezelf niet genoeg.

Hoe kun je respect verwachten als je jezelf niet eens respecteert?

Nou, dat is makkelijk voor jou om te zeggen.

Ze willen weten hoe het is om je een hoer te voelen en mannen toe te staan hun lichaam als een vuile vod te gebruiken.

Een moeder die met haar vrienden zou neuken en haar dochter alleen thuis zou laten, koud en hongerig, zonder dat iemand haar wilde.

Een vrouw die haar jarenlang ervan overtuigde dat haar vader niet van haar hield.

Dat hij haar verliet vanwege hem.

Terwijl de waarheid was dat hij geïntimideerd en te bang was door de onderwerping waaraan hij door haar werd onderworpen om terug te keren naar zijn schrikbewind.

Becky begroef haar gezicht in haar handen en liet de tranen over haar handpalmen stromen.

Je hebt me verlaten papa

Hoe kun je me achterlaten bij die psycho-teef?

Ze ging rechtop zitten en dwong zichzelf de tranen te stoppen.

Verdriet veranderde in woede als een druk op de knop.

Zijn vader was een lafaard.

Zoals alle mannen.

Ze liepen gecontroleerd weg van de ballen die tussen hun benen slingerden, maar hadden niet de moed om ze te gebruiken.

Dat kan alleen een vrouw.

De pijn was te veel.

Becky had seks nodig.

Het was het enige dat haar zou kalmeren.

Seks zou de pijn in haar verzachten.

Pijn om niet geliefd te zijn en afgewezen te worden, waardoor ze zich een vuile wegwerphoer voelde.

Een paar korte momenten, een hartstochtelijke kus, een wellustige drang die haar tot een orgasme zou brengen, en ze zou zich genezen voelen.

Alles is weer in orde.

Geliefd.

Het enige probleem was dat het een verslaving was geworden.

En als het allemaal voorbij was, nadat de mannen waren vertrokken en waren teruggekeerd naar hun vrouw of de volgende vrouw die klaar was om haar benen te spreiden, zou die donkere plek terugkeren.

Tot de volgende oplossing.

Becky kon het niet meer aan.

Genoeg was genoeg.

Deze keer zou iemand betalen.

Hoofdstuk III

Wraak is zoet.

Dat zeggen ze tenminste.

Becky dacht erover na terwijl ze haar lange zwarte haar in de make-upspiegel borstelde.

Ze was naakt, op een zwart slipje na dat was versierd met een klein rood strikje.

Haar 43-jarige borsten waren net zo stevig als die van een vrouw die tien jaar jonger was.

Het was een van de positieve dingen van het niet kunnen krijgen van kinderen.

Ze behield langer haar figuur en haar prachtige charme.

Terwijl de haren van de borstel door haar haar gleden, ervoer ze een kalmte die ze in jaren niet had gevoeld.

Er groeide eindelijk iets in haar.

Je zult geen slachtoffer meer zijn.

Ze worstelde.

Ze zou een krijger zijn.

Ze koos een donkerrode lippenstift uit haar make-up en bracht die voorzichtig op haar lippen aan. Ze voegde een beetje volheid toe door een extra millimeter rond de rand toe te voegen.

De kleur vulde haar donkere haar en olijfkleurige huid aan, wat haar een licht mediterraan uiterlijk gaf dat niet verder van haar Britse afkomst kon zijn.

Ze moest toegeven dat het er goed uitzag.

Ze had misschien een beetje hardheid in haar stem van zoveel sigaretten en een slechte jeugd, om nog maar te zwijgen van het drinken, maar ze wist hoe ze moest verschijnen voor seks.

Ze had deze vaardigheid van haar moeder geleerd, en toen ze zag hoe stoer de noordelijke meisjes waren, had ze geleerd ze ook in haar voordeel te gebruiken.

Sexy meisjes hadden macht.

Ze konden mannen beheersen met hun lichaam, hun geur en een provocerende blik.

Toen Becky erover nadacht, realiseerde ze zich dat ze zoveel jaren zou kunnen overleven.

Hij stond op en liep naar de passpiegel.

Hij leunde haar hoofd opzij en greep haar borsten.

Ze pruilde tegen haar pas geverfde lippen.

Ja, het zag er goed genoeg uit om iets lekkers te eten.

En om jou ook op te eten, dacht ze met een sensuele lach.

Op het bed lag een rode jurk.

Kort.

Zeer provocerend.

Lage halslijn om te pronken met haar borsten.

Ze duwde haar blote voeten in hem en trok hem over de lengte van haar lichaam omhoog.

Ze bekeek zichzelf in de spiegel, draaide zich om en maakte hem vast.

Ze bewonderde de zijdeachtige stof die bij de heupen gerimpeld was en haar typische zandlopervorm benadrukte.

Bij de deur stond een rij schoenen met hoge hakken.

Becky ging naar haar toe en stapte in een rood paar.

De kleur van vandaag was scharlaken.

Rood voor bloed en moord.

Hoofdstuk IV

De taxichauffeur stopte voor de club.

Becky zag dat er twee gorilla's bij de deuren stonden.

Hij betaalde de taxichauffeur en stapte de straat op, verlicht door de straatlantaarn. De zachte lucht raakte zijn blote schouders terwijl de clubmuziek onder zijn voeten sloeg.

Ze sloot de deur van de hut, liep naar de ingang en schoof de riem van haar kleine rode tas over haar schouder.

ontmoetingspunt Het was een moderne herenclub die een paar jaar geleden in de stad was ontstaan.

Mannen van alle leeftijden gingen erheen in hun hipste pakken gedrenkt in aftershave-flessen om noordelijke meisjes aan te trekken die als teven in de hitte naar hun geur stroomden.

Becky was geen uitzondering.

Maar vanavond had ze zich op één man in het bijzonder geconcentreerd.

De plaats was vol activiteit, druk voor een midweeknacht.

Aan de ene kant van de zaal speelde een zanger op het podium en aan de andere kant stond de bar vol met oudere mensen gebogen over bierglazen.

Mannen en vrouwen zaten in een grote ruimte met tafels in het midden van de kamer, praatten en keken omhoog naar het podium.

Becky ging naar de bar en belde een knappe jonge barman met het puntige kapsel van een weduwe.

"Is Ricky hier vanavond?" vroeg ze.

De ober knikte. "Achter."

Becky glimlachte naar hem en deed een stap achteruit van de toonbank toen ze merkte dat de ogen van de oudere mannen waren overgeschakeld van hun drankjes naar haar.

Hij zorgde ervoor dat ze zijn achterste goed konden zien toen hij door een gang verdween die naar de kantoren op de achtergrond leidde.

Ricky Morris was de eigenaar van vijf nachtclubs in de omgeving van Maine.

Hij had in de jaren negentig zijn brood verdiend met louche bedrijven en had de herenclubketen opgericht die meteen een hit was bij de speelse jongens van het noorden.

Hij stond er ook om bekend dat hij met strippers en prostituees werkte, hen van klanten voorzag en hun inkomsten verlaagde.

Becky ontmoette hem twee jaar geleden toen hij Meeting Place begon.

Van alle aantrekkelijke vrouwen en mooie meisjes die er die avond waren, was zij degene tot wie hij zich had gewend.

Misschien herkende hij iets van zichzelf in haar, een mannelijke eigenschap die sprak van haar ambitieuze en ondernemende karakter.

Een vrouw die niet zou buigen of vleien voor haar geld of haar knappe uiterlijk.

Een vrouw die hard zou spelen om te krijgen wat ze wilde.

Becky klopte op haar deur, maar wachtte niet op een antwoord.

Toen hij de kamer binnenliep, zag hij een flits van vlees en rook de onmiskenbare geur van seks.

Een vrouw van in de twintig lag op het bureau, haar blote borsten zichtbaar door een jurk die nog steeds om haar middel was gewikkeld.

Ricky neukte haar vanuit een staande positie, zwarte broek om haar enkels, zweet glinsterend op haar geschoren hoofd.

Hij draaide zijn hoofd bij de onderbreking.

"Stront." Hij trok zich terug van de vrouw en Becky zag zijn grote pik, ontstoken van opwinding, glad met het vrouwensap.

Toen hij zag wie de kamer was binnengekomen, zuchtte hij, boog zich voorover en trok zijn broek op.

De vrouw aan tafel bedekte haar borsten en probeerde haar verlegenheid te verbergen met een sensuele lach.

Kleine teef, dacht Becky en ging schaamteloos het kantoor binnen.

Ricky maakte de leren riem om zijn middel vast terwijl hij zijn hoofd schudde zodat het meisje kon lopen.

Ze bedekte haar borsten nog steeds, gleed nederig van de tafel, greep haar hoge hakken en liep op haar tenen de kamer uit.

Ricky liep om zijn bureau heen en keek Becky met een rood gezicht aan.

Hij haalde een zakdoek uit de zak van zijn overhemd, veegde zijn voorhoofd af en reikte in een la om een zilveren pakje sigaretten te pakken.

"Aan wie heb ik het genoegen te danken?" Hij opende de doos en haalde er een gekleurde sigaret uit.

Hij bood er een aan Becky aan.

Ze hield hem in de gaten terwijl ze naar het bureau liep en een van de sigaretten pakte.

Het was scharlaken.

"Ga je de kwaliteit van de goederen nog eens controleren?" zei hij en stopte de rode sigaret tussen zijn lippen.

Ricky kneep zijn scherpe blauwe ogen tot spleetjes terwijl hij zijn sigaret opstak en hield toen de aansteker omhoog om die van Becky aan te steken.

'Wat is de reden dat je me stoort en hier zonder waarschuwing inbreekt?'

Becky haalde diep adem van de brandende sigaret.

Ze blies de rook uit die in een dunne draad naar het plafond rende.

'Ik zie dat je het de laatste tijd druk hebt gehad.'

Met een glimlach keek ze naar de tafel.

De zweetplekken waar de billen van de vrouw hadden gezeten waren nog steeds op het glasoppervlak.

Ricky ging hard zitten.

Becky kon haar hart bijna horen bonzen, terwijl het bloed nog steeds door haar lichaam pompte van de onderbroken sekssessie.

Hij keek haar nieuwsgierig aan.

"U bent klaar?"

Becky schudde haar hoofd.

'En dan? Ik merk nog iets aan je op.'

Becky gooide haar haar naar achteren en keek naar de grote vissenkom die achter Ricky's hoofd scheen.

Grote vissen in een heel kleine vijver, dacht hij droog.

Hij had misschien geld en macht over vrouwen, maar toen hij daar in zijn stoel zat, zonder idee wat er ging gebeuren, was hij net zo zwak en zielig als elke andere man.

'Ik denk dat het het weer van de maand moet zijn,' zei hij droog.

Hij nam de tas van zijn schouder en legde hem voorzichtig op het glazen oppervlak op tafel.

Ricky keek geïnteresseerd naar haar bewegingen.

Hij liep om het bureau heen en legde zijn billen op de harde rand.

Ricky draaide zijn stoel om, leunde achterover en bestudeerde haar.

'Je bent gretig,' zei hij voorzichtig.

"Wanneer niet?" antwoordde ze.

Ricky glimlachte.

Dat vond hij zo leuk aan haar.

Die gedurfde en gewillige honger naar seks.

Vooral van een vrouw.

Raak hem binnen enkele seconden hard. Becky wachtte tot zijn pik wakker werd terwijl ze haar lichaam bewoog om haar borsten te onthullen.

'Je bent een hoer,' zei Ricky. "Niets houdt je tegen, toch? Zelfs geen zorgeloze seconden in een klein kreng.

"Het was maar het voorgerecht. Ik ben het hoofdgerecht. De echte seks."

Becky trok haar jurk bij haar dij omhoog en liet haar vingers tussen haar benen glijden.

Ze had haar slipje uitgedaan voordat ze het huis verliet, zodat ze gemakkelijk toegang had tot de blote lippen tussen haar benen.

Hij keek naar Ricky en nam nog een trek van zijn sigaret.

De bobbel die in zijn broek bleef groeien, vertelde haar dat hij van plan was binnen enkele seconden in haar te zijn.

Haar kutje werd vochtig bij de gedachte, versterkt door de wetenschap dat de bevrediging deze keer zoeter zou zijn dan alle andere.

Ze legde haar handen op het glazen oppervlak, liet plakkerige sporen achter op haar muskusachtige kut, en manoeuvreerde recht voor Ricky in positie.

Ze zette beide hakken op de armleuningen van de stoel en spreidde haar benen om hem een volledig beeld te geven van wat zich tussen haar benen bevond.

Opwinding schoot door Ricky's ogen toen hij naar beneden keek en het snoep zag verborgen onder het kleine rode jurkje.

"Wat moet ik er mee doen?" zei hij sardonisch en trok een wenkbrauw op.

Met haar ellebogen op tafel slaagde Becky er toch in om te roken toen ze reageerde met een zwoele glimlach.

Sprakeloos.

Ricky drukte zijn eigen sigaret uit en drukte hem schaamteloos op het glas.

Hij ademde door haar neusgaten, misschien om een geurige smaak te krijgen van wat komen ging, en maakte haar lange vingers nat voor haar mooie lippen.

"Ik eet je op tot je kutje in mijn mond druipt."

Becky voelde haar vulva tintelen terwijl ze haar spieren aanspande.

Ze had altijd van een jongen gehouden die ervan hield om kutjes te eten.

Ricky was blij zijn gezicht te verzadigen met haar sap en dingen met zijn tong te doen die hem ergens anders heen zouden sturen.

Het zou de meest humane manier zijn, dacht hij.

Een euforische angst.

Zijn grote handen raakten haar knieën en spreidde haar benen nog meer.

Becky staarde hem grimmig gefascineerd aan en apprecieerde de opwinding in zijn stalen ogen.

Hij likte speels over zijn lippen.

Becky glimlachte veelbetekenend.

Toen, voordat ze iets anders kon doen, zat zijn hoofd tussen haar benen en werkte zijn hete, natte tong zich een weg naar binnen.

Becky's hoofd viel achterover terwijl ze naar adem snakte van genot.

"O verdomme."

Ricky schudde onverzadigbaar zijn hoofd en likte zijn plakkerige vlees.

Eet, proef, inhaleer de muskusgeur.

'Heerlijk,' hoorde Becky hem zeggen met zijn diepe Vermont-accent.

Hij zou niets zo lekkers proeven als haar zoete wraak, dacht hij.

Ricky deed zijn broek uit, trok zijn pik eruit en trok eraan met snelle, harde bewegingen van zijn pols.

Becky vroeg zich even af of hij haar kutje liever had gehad dan het kutje dat hij een paar minuten geleden had geneukt.

Toen besloot ze dat het haar niets meer kon schelen.

Alle mannen waren hetzelfde.

Kontzuigers die hoeren misbruiken en poesjes zuigen. Zelfs als ze de mogelijkheid hadden om je naar plaatsen te sturen waarvan je niet wist dat ze bestonden.

Ricky's tong was goddelijk!

Becky keek naar beneden en zag de glanzende ronde hoofdhuid op en neer gaan.

Dit was zijn moment.

Ze haalde diep adem, pauzeerde even, bracht toen haar dijen in één snelle beweging samen en sloot Ricky's nek tussen haar benen.

Hij stikte en probeerde weg te lopen, maar tevergeefs.

Becky reikte in de rode zak en haalde er een mes uit.

Ze greep het handvat met beide handen vast en tilde het boven Ricky's hoofd.

Hij bleef brabbelen en haar dijen vastpakken om ze uit elkaar te spreiden.

Maar ze kon het niet.

Ze kon het mes niet op haar hoofd laten vallen.

Nu het moment daar was, leek het niet langer een fantasie.

Het voelde als een nachtmerrie.

Ze was geen moordenaar.

Ze kon niet worden wat ze niet was.

Ze hadden haar van binnen vermoord en ze verachtte haar daarom, maar in koelen bloede doden maakte haar iets anders.

Het maakte haar minder dan zij.

Becky liet de druk van haar dijen op Ricky's hoofd los.

Hij stapte uit de val, hapte naar adem en wreef over zijn keel.

"Gekke verdomde bitch," schreeuwde hij. "Wat speel je?"

Becky had het pistool in haar tas verborgen voordat Ricky zijn woede uitspuugde.

'Ik dacht dat je iets ruws zou proberen,' hijgde ze, terwijl ze haar best deed om de angst in haar stem te verbergen.

Ricky spreidde zijn benen en stond op.

"Ik kon niet ademen!"

Becky speelde met haar jurk en stapte van de glazen tafel af.

Toen hij opstond, zag hij de blik van twijfel in Ricky's ogen.

'O, kom op,' zei ze. "Het was een beetje leuk."

Hij slaagde erin te glimlachen terwijl zijn hart in zijn borst klopte.

Ricky zei niets en zocht naar een soort waanvoorstelling in zijn ogen.

Hij zou de enige zijn met bloed aan zijn handen als hij wist dat ze van plan was hem te vermoorden.

Becky liep naar hem toe en leunde dicht tegen zijn gezicht aan.

Ze kuste zijn rode wang en liet haar scharlaken lip op zijn huid.

'Ik heb genoeg gehad voor vandaag. Ik ben beter,' zei ze.

Ze pakte haar tas van de tafel en liep naar de deur.

Ze voelde Ricky's ogen op haar gericht.

doordringen.

Beschuldigen.

'Wacht,' zei hij.

Becky stopte.

Zijn hart bevroor.

Hij draaide zich langzaam om.

Ricky's donkere omtrek werd beperkt door de heldere gloed van het aquariumwater terwijl hij wachtte tot hij zou spreken.

'Je zult je geld willen hebben,' zei hij.

Becky fronste zijn wenkbrauwen.

"Welk geld?"

"Ik betaal altijd mijn favoriete meisjes."

Becky bestudeerde zijn ogen.

Wat heeft hij gedaan?

"Je hebt het nog nooit gedaan."

"Het wordt tijd dat ik het doe."

Hij pakte een chequeboekje van het bureau.

Hij haalde een pen uit de zak van zijn overhemd en krabbelde er iets op.

Toen hij het naar Becky bracht, tintelde zijn keel.

Ricky gaf hem de cheque.

Becky nam het aan en keek naar de menigte.

Veertigduizend dollar.

Ze werd bleek en keek Ricky ongelovig aan.

'Voor de verschuldigde diensten,' zei hij.

Becky keek terug naar de sterke gestalte.

Veertigduizend dollar.

Hij zou zijn hypotheek betalen.

Je zou een nieuwe auto kunnen krijgen.

Loop over water.

Koop nieuwe kleding.

Designer schoenen.

Ricky glimlachte niet toen hij haar de cheque zag bestuderen.

De blik die hij haar toewierp was zorgwekkend.

Becky keek zenuwachtig in zijn staalblauwe ogen.

Hij wist dat ze hem probeerde te vermoorden.

Hij betaalde haar.

Neem het geld, laat me met rust, kom niet.

Ze wilde hem niet teleurstellen.

Hij slaagde erin te glimlachen en draaide zich toen om om de kamer te verlaten, zijn trillende hand nog steeds vast je nieuwe fortuin.

EINDE

69